悦读季大家小书院

自然界的印象

王维克 译
儒勒·列那尔 著

CHISO 新疆青少年出版社
·乌鲁木齐·

图书在版编目（CIP）数据

自然界的印象 /（法）儒勒·列那尔著；王维克译. -- 乌鲁木齐：新疆青少年出版社，2025.4. --（悦读季大家小书院）. -- ISBN 978-7-5590-5338-1

Ⅰ. I565.64

中国国家版本馆CIP数据核字第2024U1E540号

出 版 人：马　俊
策　　划：格润轩　宋　阳
责任编辑：宋　阳　杨元珍
封面设计：童创未莱

悦读季大家小书院

自然界的印象
ZIRANJIE DE YINXIANG

儒勒·列那尔 著　　王维克 译

出版发行	新疆青少年出版社有限公司
地　　址	乌鲁木齐市经济技术开发区（头屯河区）泰山街608号
电　　话	0991-8156943（编辑部）　0991-8156920（总编室）
邮　　编	830015
网　　址	https://www.qingshao.net
邮　　箱	xjqingshao_pd@vip.126.com
经　　销	各地新华书店
印　　刷	三河市刚利印务有限公司
开　　本	850 mm×1168 mm　1/32
字　　数	72（千字）
印　　张	4.5
版　　次	2025年4月第1版
印　　次	2025年5月第1次印刷
书　　号	ISBN 978-7-5590-5338-1
定　　价	35.00元

CHISO 新疆青少年出版社

（版权所有，侵权必究）

目录

猎像者……………………………	01
母鸡………………………………	04
雄鸡………………………………	06
鸭…………………………………	08
美洲火鸡（母的）………………	10
非洲火鸡（母的）………………	12
母鹅………………………………	14
鸽子………………………………	16
孔雀………………………………	18
天鹅………………………………	20
狗子………………………………	22
代代喜死了………………………	24
猫儿………………………………	27

奶牛……………………………28

白昌奈的死……………………30

阉牛……………………………34

公牛……………………………36

水苍蝇…………………………38

母马……………………………40

马………………………………41

驴子……………………………43

猪………………………………45

猪和珠子………………………46

绵羊群…………………………48

母山羊…………………………50

公山羊…………………………51

家兔……………………………52

野兔……………………………54

蜥蜴……………………………57

鼬鼠……………………………58

猬………………………………59

蛇………………………………60

蚯蚓……………………………61

蛙………………………………62

蟾蜍	63
雌蝗	65
蟋蟀	67
萤	69
蜘蛛	70
金龟子	71
群蚁	72
蚂蚁和鹧鸪	73
蜗牛	75
毛虫	77
蚤	79
蝴蝶	80
细腰蜂	81
蜻蜓	82
松鼠	83
鼠	84
猴子	86
鹿	89
虾虎鱼	90
梭子鱼	92
鲸	93

渔人万君……………………94
园中物语……………………98
红罂粟………………………100
蝙蝠…………………………101
没有鸟的笼子………………103
金丝雀………………………104
燕雀…………………………107
金翅雀的窠…………………108
黄鸟…………………………110
麻雀…………………………111
燕子…………………………113
喜鹊…………………………116
乌鸦…………………………118
鹦鹉…………………………120
百灵…………………………121
翠鸟…………………………123
鹰……………………………124
鹧鸪…………………………125
山鹬…………………………133
树的家族……………………135
狩猎的闭幕…………………137

猎像者

他一早从床上起来,只在他的精神爽快、心境纯洁、身体轻松(像着了夏衣)的日子出发。他不带什么粮食。他在路上呼吸新鲜空气,嗅着有益身心的气味。他把他的猎枪留在家里,只要张开眼睛就够了。眼睛就是一扇网,所有的影像自己都要落网的。

第一个被捕获的影像就是一条路,那路显示出他的骨骼(就是光滑的石子),和他的血管(就是车轮的痕迹),那路的两旁是荆棘——其中很多小野李和桑子——编成的篱笆。

其次捕获的影像是一条河流。她在弯曲的地方变为白色了,她睡在杨柳下面享受他的抚爱。如有一条鱼转身,在她的镜子里反映出来,像有人投进一枚银币似的;如有细雨落着,水面就出现母鸡的皮肤。

他取得动荡着的麦浪,动情的薰草,以及开着小沟的草地等影像。他在行路的时候,他看见或听见一只百灵,或一只金莺。

后来他进了树林。他不知道他的感觉是这样的敏锐。他的鼻子陶醉在芳香里了,但是他的耳朵还不漏掉很繁复的喧闹,同时他的眼神经又和树木的叶脉发生了联系。

不久,他受刺激太多了,他觉得不舒服,他觉得害怕,他要关闭他的官能,于是他离开树林,远远地跟着那些取泥的陶工回到那农村。

在门外,他定睛看着太阳,那时太阳已经在地平线下面,只留着一件发光的衣服了——彩云混乱地散布着。

最后,他进了家,脑海充满着,他熄灭了灯,在睡着以前,他欢喜很久地数着他所获得的影像。

慢慢地那些影像随意从他的回忆里再生了。每一个影像唤醒了另一个,这些憧憧往来的影像没有穷尽的时候,好比那鹧鸪在日里被人家追逐,到晚上脱了危险,可以自在地唱着,并且把那些田沟里的孔穴都记起来一般。

【注】

　　这篇可称作是本书作者的开场白或序言,他把影像用文艺的手法记录下来,和科学观察的记录不一样(科学家求真,文艺家求真兼求美)。

　　鹧鸪(perdrix),体大如鸠,群栖地上,营巢土穴中,鸣声有些像"行不得也哥哥"。

母鸡

鸡寨门一开的时候,她就双脚并着跳了出来。

这是一只普通的母鸡,装饰平常,她从来没有生过金蛋。

她被光线弄得眼花,狐疑不决地在场上走了几步。

她最先看见的是一堆草灰,每天早晨她都要在那里玩一下。

她在那里匍匐,在那里打滚,后来用力抖着翅膀,把全身的羽毛蓬起来,她把夜来的蚤虱抖落了。

于是她到一个平底盆子里去喝水,这是最近一次的大雨把它落满了的。她的饮料只有水。她一点一滴地喝,把颈根竖起来,立定在盆子的边上。

后来她就在各处寻食,嫩草是她的食品,昆虫和散失的谷粒也是。她这里一啄,那里一啄,没有疲倦的时候。

有时,她会停下来,竖起她顶着赤巾的头,眼睛发光,胸部挺出，用左耳和右耳轮流着细听。后来，她知道一定没有新事情发生，于是又开始寻食了。

她把脚举高，好像生着痛风症的人一般。她把脚爪张开，小心地踏下去，没有声音。人家要说她是赤着脚走路呢。

【注】

痛风症（goutte），就是关节肿痛及筋肉肿痛，又叫作偻麻质斯（rheumatism）。

雄鸡

　　每天早晨，跳下他栖息的树干，那雄鸡便注视着：是否别的一只常常在那里？——别的一只常常在那钟楼顶上。

　　那雄鸡可以骄傲，因为他已战胜所有地上的敌人了。——但是别的一只是不能战胜的敌人，因为到不了他那里。

　　那雄鸡一再啼着，他呼喊，他挑衅，他威吓。——但是别的一只依照到时间回答，时间不到不回答。

　　那雄鸡为显示他的壮丽，竖起了他的羽毛，一部分是蓝色，另一部分是银色，这样已经不算坏了。——但是别的一只在蔚蓝的天空里发出金光。

　　那雄鸡召集他的一群母鸡来，自己带队走在前面。看吧：她们都是他的，她们都爱他，她们都怕他。——但是别的一只为一群燕子所钟爱。

那雄鸡生了嫉妒心，张翼舞爪要求一次决斗。他的尾巴翘着，鸡冠充血，藐视所有天空的雄鸡。——但是别的一只不怕面对暴风，还是和清风玩着，对于地上雄鸡的挑衅掉头不顾。

于是那雄鸡恼怒着直到天晚。

他的母鸡们一只一只都进了窠。他独自留在那昏暗的场上，默默地剔除他的羽毛。——但是别的一只还在那最后的阳光里亮着，而且用他清脆的声音，唱出那傍晚的时刻。

鸭

母鸭先走,两脚跛步而行,到她所熟悉的泥水中去搜索。

公鸭跟着走。他双翼的尖端交叉在背上,也是两脚跛步而行。

母鸭和公鸭默默地走着,好像有事赴约会一般。

母鸭先冲到泥泞的水里,那里浮着羽毛、粪秽、葡萄叶和草梗。她差不多要没入水里。她等候着,她准备着。

然后公鸭下了水。他把他华丽的制服浸在水里。人家只看见他的绿头和黑尾巴。母鸭和公鸭在那里都觉得愉快。水是温暖的,从来不干枯,一阵暴雨就把池子灌满了。

公鸭用他扁平的嘴轻咬母鸭的颈背。一时他振翼鼓动,但是那水太浓厚了,简直不起波纹。水面立即平静,反映出一角青天。

母鸭和公鸭浮在水面不动了。太阳晒着他们,使他们睡着了。有人经过那里,也不注意他们。扰乱他们清梦的只有从污水下面透出来的水泡儿。

有时他们睡着在关闭的大门前,两个并肩伏在地上,好像是邻人的一双棉鞋。

美洲火鸡（母的）

她在家禽饲养场中傲然而行，似乎她还是生在大革命前旧时代的模样。

其他的家禽一天到晚只是忙着吃，不问什么东西。至于她呢，除掉固定的几餐外，终是忙着要好看。她的羽毛是上浆的，她的双翼在地上画着线纹，似乎这是表明她所走的路径，并没有到别处去。

她昂首而行，从来没有看见过她自己的脚爪。

她不怀疑什么人，在我接近她的时候，她以为我是送礼物给她呢。她已经格鲁格鲁地自鸣得意。

我对她道："高贵的火鸡，假如你是一只鹅，我要用你的一根毛，替你写一首颂词，像从前布丰所做的一般。可惜你不过是一只火鸡。"

我这几句话似乎已经惹恼了她，因为她的头部充着血，垂在嘴前的一球葡萄也变了色。她突然扑的一声展开她像扇子的尾羽，于是这个老妇人把背脊转向着我了。

【注】

火鸡（雄的 dindon，雌的 dinde），属鸟类，又名吐绶鸡。羽毛青铜色，或镀金色，尾羽很大，可以展开像扇子。头部裸出，青色，有红色肉瘤，喉下垂红色肉瓣，能变蓝白色。原产北美洲，栖息在森林里，自十六世纪以来成为家禽。

布丰（Buffon, 1707—1788）法国博物学家，出版《博物志》(Histoire Naturelle) 一书，浅近通俗，许多人欢喜读他的作品。

非洲火鸡（母的）

这是我饲养场中的驼子。她就是因为这个隆起的背部而恼着。

所有的母鸡都不和她说话，她突然冲到她们的队伍里去，使她们惊散。

后来她低着头，倾着身体，瘦脚猛向前跑，硬嘴正冲在一只美洲火鸡展开着的尾羽里面。

这个碍路的激怒了她。因此她的头部变成蓝色，她从早到晚怒着。

她和别的家禽发生冲突并无目的，也许因为她总以为大家都在讥笑她的形状，她的头部无毛，还有她的尾巴向下。

她不断地叫出不和谐的声音，好像一把利剑刺破了空气一般。

有时她离开饲养场，不知到哪里去了。那时她让其他的家禽有一个安静的时候。但是她回来的时候更加疯狂吵闹,甚至在地上打滚。

你知道她方才出去做了什么?

原来她到田野间去生了一个蛋。

假如我欢喜,我可以找着那个蛋。

那个蛋在尘沙里滚着,像一个肉瘤。

【注】

非洲火鸡(雌的 pintade),属鸟类,又名几内亚鸡、珠鸡。羽毛灰蓝色,杂以白斑,头颈少毛或无毛,肉冠肉瘤有鲜明的颜色,肉味鲜美。原产非洲,现在全球都饲养。

母鹅

蒂安内特想往巴黎去,像其他的村姑娘一般。但是她果真能单独看守她的母鹅么?

实在说,与其说她是带领她们,不如说她是跟着她们。因为她手里编织着,机械地跟着在队伍的后面;她相信那只图卢兹的母鹅是有人性的。

那只图卢兹的母鹅知道路径,没有毒的草,还有应当归家的时间。

她的勇敢就是雄鹅也不如她,她保护她的姊妹,抵抗恶作的狗。她的长颈摇摆着伸出去,和地面相平,然后又竖直起来。她就是用这种战斗的姿势来镇定蒂安内特的恐惧。等到一切平静以后,她才自鸣其胜利,以彰显秩序的恢复是亏了她。她相信以后还要把事情做得好些。

有一天晚上,她离开她的村落,远远地走在路上,她昂着头,紧着毛。她逢着许多妇人,但是谁都不敢阻止她。

她走得很快，使人怕她。

后来，蒂安内特还是留在故乡，不再那么蠢，把所有的母鹅都一般看待，不再加以区别，于是图卢兹的母鹅到了巴黎。

【注】

法国人所饲养的鹅大概有两种，一为普通种，一为图卢兹（Toulouse）种。

村姑娘向往都市生活，这是正常现象。但母鹅到了都市恐怕要入庖厨了吧。

鸽子

他们有的在屋上作咕噜咕噜的声音；有的从黑暗的地方飞出来，翻几个筋斗，在阳光中闪耀着，又回到那黑暗的地方去；他们的领圈或有或无，像宝石指环；他们有的晚上睡在树林里，栖息在最高的橡树枝上，这种奇异的果子，很有把树枝压断的危险；有的两只交换表示敬意，而突然互相亲着嘴；有的从远方回来，带着一封信，他们的飞行路线就是我们远方朋友的思想路线。

所有这些鸽子，他们起初是好玩的，结果变为乏味了。

他们不知道建造自己的窠，传信鸽更是如此。

他们终生不懂世务，甚至坚信亲嘴就可以生小孩子了。

还有，他们的喉咙里似乎终有什么欲吐不出的东西，这是他们遗传的奇癖，长久下来也是叫人难以忍受的。

【注】

　　鸽是家禽,从一种野鸽饲养而成。翼长大善飞,性灵敏易驯。雌雄双栖。经饲养改良,变种很多,主要有传信鸽、突胸鸽、扇尾鸽等。传信鸽记忆力很强,能从远地飞回,所以军营中用它传递消息。

孔雀

他今天一定要结婚了。

本来这是应当在昨天举行的。他穿着大礼服，已经预备好了。他只等候他的新娘了。可是新娘没有来，等候了许多时也没有来。

光荣的他踱着步，像一位古代的印度王子，身上带着很富丽的东西。爱情使他的颜色更加鲜明，他头顶的饰毛像琴弦一般抖动。

那新娘还是没有到达。

他上升到屋顶，向着太阳一方瞭望。他发出他的怪声："莱昂！莱昂！"

他就是这样叫他的未婚妻。他望不见有什么人来，也没有什么人回答他。那些家禽已听惯他的喉咙，头也不抬起来。他们早已倦于赞美他了。他走下屋顶，回到饲养场，在那里，他知道他的美丽一定没有可以相比的。

他的婚礼又只好推到明天了!

他怎样消遣余日呢?他行向石阶。他一步一步升上石阶,——像庙宇里的石阶,——踱着官步。

他提起他拖着长尾的袍,袍是很重的,因为袍上绣着许多眼睛,没法去掉。

他把婚礼再预演一番。

【注】

雄孔雀的尾羽很长,金绿色,终端有宝珠形的金绿纹,就是本文所说的眼睛。孔雀原产印度,栖息在热带森林中,现今各地都有饲养。

天鹅

　　他在水池的面上滑着,像一辆白色的雪橇,从这块云到那块云。因为他对于白云,看见它生,它动,它灭在水中,不觉对它生了饥渴的念头。其中有一块白云是他看中了的。他突然把他洁白如雪的长颈伸入水中。

　　后来,他把长颈缩了回去,像从袖子里伸出来的女人的手臂。

　　他没有捉着什么。

　　他注视一会儿:白云受着惊吓逃避了。

　　但是,不过一霎时,水波消灭了,白云又出现了。

　　天鹅坐在他的羽毛垫子上,徐徐地划向再生的白云。他徒然追求虚幻的影子,假如他这样继续追求下去,也许他要做了幻影的牺牲品,而得不着一小片的白云。

　　但是,我说的话对么?

　　他每次把头没入水中,把嘴触到水底的泥泞,捞回了一条虫子。

他长得肥胖,和鹅一样。

【注】

天鹅就是鹄(cygne)的俗名,属鸟类、游禽类。体长三尺余,形似鹅。能飞善游,但步行就现出笨重相。颈长,便于食水中动物。繁殖在寒地,栖息在水滨,但也久已饲养为家禽。多数种类全体纯白,黑色的原产澳洲。

狗子

这个时节我们不能把帮渡(狗名)赶到门外了,因为尖锐的冷风吹得他不得不离开门前的草垫。他把脑袋钻进家里来。我们正弯着腰,围着火炉,手膀紧靠手膀,不容帮渡挤入。那时我给他一掌,爸爸给他一腿,妈妈辱骂他,妹妹又给他一个空盆子。

帮渡打着喷嚏,向厨房里转一下,看看那里是否有人。

后来他回来了,用力钻进我们的圈子,冒着压断了腿的危险,结果到了火炉的一角。

他在那里转动了许多时,才挨近了火炉旁的薪架,于是他一动也不动了。他用柔和的眼睛望着主人,我们也宽容了他。不过火炉里常常有火块跳出来,烧着他的后身。但是他仍旧留在那里。

我们让一条路给他。"离开吧!你真是畜牲!"

但是他仍旧固执不走。

这个时节，无家可归的狗子都在冷风里打寒战，而帮渡却坐在温暖的地方，皮毛发臭，屁股被烧，闭着嘴只是苦笑，眼睛里充满泪水。

代代喜死了

这是姐姐的小狮子狗,我们大家都爱他。

他懂得打滚的艺术,不管在何处,甚至在桌子上,他也能像睡在鸟巢里一般。

他知道用他的舌头舔我们是讨厌的,就只用他的脚爪拍我们的面颊,很轻的,而且不触着我们的眼睛。

他会笑。很长一段时间大家都认为他是在打喷嚏,实则是他的一种笑。

虽然他没有什么大的痛苦,但是他懂得哭,就是在他喉咙里喃喃呼号,同时在眼角有一滴清水。

当然,他不会说话,不论我们怎样教导他。姐姐徒然对他说:"只要你说出一个字也好!"

他看着她发呆。用尾巴做出各种动作,张开嘴,但是不吠。他猜到姐姐希望比吠更好的声音,他的话已在心里了,而且将要升到舌头上和嘴唇边来了。他终于要说出话来，只是他的年纪未到呀！

一天晚上，没有月光，代代喜（那只狮子狗的名字）在田野的路旁找朋友，突然来了一只巨獒，没有人认识，——当然是猎户的，——咬住这个脆弱的丝绵球，摇动他，紧压他，把他掷在地上逃走了。

假使姐姐能够抓到那只巨獒，一定会把他喉咙割断，闷死在沙土里！

不久，代代喜被咬的伤已经养好，但是他的腰部（肾脏）还是衰弱而痛苦。他得了小便频繁的毛病。他在门外撒尿再多些也没有关系，可是他在桌子脚旁就漏下来了。于是姐姐惊呼："水呀！硫黄呀！来一块海绵呀！"

我们恼怒了，用可怕的声音威吓他，举起拳头向着他。从他的目光可以看出，他似乎在说："我知道，我不得已呀！"

他仍旧是可爱的，但是他常常弓起背来，似乎那只巨獒曾经咬了他的背脊。

后来他的脾气变坏了。就是姐姐的心肠对他也变硬了。

应当把代代喜弄死！

我不愿记起我们当中谁下了毒药和下了什么毒药。

代代喜躺在他的窠里了,他等候着。我们也等候着邻室的声音。一刻钟过去了,半点钟过去了。有一个说:"我过去看看吧。"另一个说:"再等五分钟!"我们耳朵里听见呜呜的声音。最后,我们当中一个勇敢的不见了,稍后他回来说:"完了!"

姐姐把头倒在床上呜咽。她放声哭了,像要笑的人狂笑一般。

她把头闷在枕头上说:"今天早晨我不喝朱古力!"

妈妈来劝她,说:"你痴了!一只狗子算什么!"

姐姐还是哭着,答道:"算什么?也是一条生命呀!"

我们当中一个去看了牺牲者,他回来报告道:"代代喜的眼睛还睁着,只是什么都看不到了。我想他是没有痛苦的:他伸出他的脚到窠边,像向我们伸出一只小手似的!"

【注】

此文中的"我们",当为代代喜家中及邻近的儿童,其中当然有些是顽童。

猫儿

（一）

我的猫儿不吃老鼠；他不欢喜这一桩。

他捉着老鼠只是和他玩。

当他玩够了的时候，他就舍了他的生命，跑到别处去打盹。

他是无罪的，他坐在用自己的尾巴所绕成的圈子里，把头紧缩得像一个拳头。

但是，因为被抓伤的缘故，那只被玩坏的老鼠死了。

（二）

有人对猫儿说："捕捉老鼠，放过小鸟！"

这是很精细的事情，就是最聪明的猫儿，有时也会弄错了。

奶牛

我们用不着费心思替她取名字,就叫她奶牛。

新鲜草、干草、蔬菜、谷粒,甚至面包和盐,她都欢喜吃。她每种东西都要嚼两次,因为她是反刍的兽类。

她一看见我,便轻着步伐向我走来。她的皮套鞋是两开的,脚在洗刷干净的时候,像穿着白袜子。她相信我一定会带着东西给她吃。我称赞她,对她说:"来,吃吧!"

她唯一的念头是发奶,并非要长得肥胖。在一定的时间,她的乳房涨满着。她不吝惜她的奶,——有的母牛吝惜着不肯放出——我们只要轻压她的乳房,从四个有弹性的乳头流出奶来,像泉水一般,直到流完。她的脚也不动,尾也不摇,只是用她的大舌头来舔那挤奶的,这是她的玩意儿。

她虽然过着孤独的生活,但因她的胃口好,不觉得无聊。她难得记起她最后生的一只小牛。但她很欢喜有客人来看她,她竖着两角,厚嘴唇上挂着一条涎沫,或一根细草。

胆大的男子敢在她的肚子上拍两下,女人们觉得惊奇的是:这样硕大的走兽,竟这样和顺而不会反抗?

她欢喜我在她两角之间抓痒。她把头推进来,我渐渐向后退缩,竟使我踏了一堆牛屎。

【注】

牛胃分四室,食物咽下时先入第一室,然后移入第二室,再从第二室回到口内细嚼,咽下入第三室,又移入第四室,然后至肠内。把咽下的食物吐出来重嚼的动作,称为反刍。足有四趾,前两趾阔大着地面(后两趾退化,不着地面),趾上生着厚甲,称为蹄。

白吕奈的死

菲利普一早便把我喊醒,他对我说,他曾夜里起来,去听她的声音,她的呼吸平静得多了。

但是,天明以后,她使他不安。

他给她干草,她不吃。给她新鲜草,在往时白吕奈很欢喜吃,但今天她不过少许碰一下。她不再照顾她的小牛,小牛来吃奶时她也觉得颇不耐烦。

菲利普把他们分开,把小牛扣在远处,白吕奈也不看他一眼。

菲利普的不安,引起全家的不安。甚至小儿们都急乎起身了。

兽医来了,要把白吕奈的毛病诊断一下,把她牵出牛屋,她自己撞在墙上,又触着门槛,她跌倒了,还是牵进牛屋里好了。

兽医说:"她病得很重!"

我们不敢问他：她是什么毛病？

他恐怕这是"乳寒热"，常常是危险的，尤其是奶多的母牛。于是他一边回忆几只被认定会死却被救活的奶牛，一边用毛笔在一个小瓶里蘸些药水涂在白吕奈的腰部。

他说："这是发泡药。我不知道它的成分，是从巴黎买来的。假如这个毛病没有及到脑部，那么就用这种方法可以救她出险；否则的话，我还要用冷水治疗的方法。我知道乡下人对于这种治疗很害怕，但是我对你说不要紧。"

"先生，就按您说的去做吧！"

白吕奈匍匐在草上，还能够举起她的头。她停止反刍了。似乎屏住了呼吸，以便细听自己内部的模样。

我们替白吕奈盖上一个羊毛毯子，因为她的角和她的耳朵都冷了。

菲利普说："只要耳朵不倒下，就还有希望。"

她想站起来，试了两次都失败了。她的痛苦逐渐加深。现在她把头倒在左腹上。

菲利普蹲下去，喃喃地低声说："这样更坏！"

那母牛的头举起来，但立即又倒了下去，倒在食槽旁边，很笨重地倒下去，使我们叫出"啊"的一声。

她伸直颈根和四只脚，伸长她的身体，像起风暴时侧卧在牧场上的模样。

兽医决定替她放血。他不太靠近她。他和别的医生一样有见识，只是手段比较缓和些。

第一锤把尖刀打进血管里。第二锤打得更好，血射在铅桶里，往时用以装牛奶的铅桶。

为停止射血，兽医又用钢针在血管里刺一下。

后来，从白吕奈的头部到尾巴，用井水湿着的布护在上面，热了便更换。

白吕奈一动也不动。我们不知道她是好些了，还是更坏了。

我们大家都伤心，而菲利普尤其痛苦难受。

他的女人送早餐给他，他吃不下，只吃了一半。

他说："完了！白吕奈胀起来了。"

我们起初不相信，但菲利普的话是对的。我们亲眼看着她胀起来，并不缩下去，好像空气只有进去，没有出来一般。

菲利普的女人问道："她死了么？"

菲利普冷淡地回说："你没看见么？"

菲利普的女人走出去了。

【注】

乳寒热（fièvre de lait），又称产后寒热或产褥热。常为产后感染病毒所致，并非因发奶而生。

阉牛

牛屋的门自己开了,每天早晨都是如此,卡斯托尔走出牛屋,并没有触倒别的东西。他在水槽里慢慢喝了他自己的一份,而把另一份留着给迟到的波吕克斯。后来他把口鼻里的余水沥干了,像暴雨后树叶上滴水一般,他很自愿地——有步骤地,慢慢地——走到向来的地位,就是车轭之下。

他的双角被缚,头不动,肚子下的皮皱着,用他的尾巴慢慢赶走黑蝇,像牧童手里的帚子一般,他反刍着,等候波吕克斯。

但是,只听见那些农夫在天井里叫喊和辱骂,同时狗也吠着,似乎有生人走近一般。

难道聪明的波吕克斯今天开始反抗鞭子,徘徊不前,愤怒地撞了卡斯托尔的腰部?虽然已经放在共同的轭下,还想挣脱么?

不然，是另外一只。

卡斯托尔停止他的咀嚼，斜着眼看他的伴侣，原来是一只素不相识的阉牛。

太阳要落山了，阉牛们在牧场上慢步拖着那张耙在他们后面的影子里。

【注】

卡斯托尔（Castor）和波吕克斯（Pollux），是希腊神话中的双生子，此处用来给在共轭下的二只阉牛命名。

公牛

　　钓鱼人轻步走在河边,惊起了在水面浮着的青蝇。

　　他把钓线用力挥到河里,希望钓着一条大鱼。

　　他想每块新地方终要机会好些,所以他从这块牧场到那块牧场跑着。他经过一块大牧场——太阳把那里晒焦了——的时候,他突然停了下来。

　　那里,在许多平静而卧着的母牛中间,笨重地跳起一只公牛。

　　这是一只著名的公牛,他的身体大得使过路的人害怕。人家只好立在远处赞扬他,如若接近他,就有被摔到天空去的危险,因为他的两只角像一张弓,人就是被射出去的箭。有时候他也柔和得像绵羊一般,但是他会突然发怒,假如有人在他旁边,那就料不定要闯什么祸了。

　　钓鱼人斜着眼睛偷看那公牛。他想:"假如我逃走,在我跑出牧场以前,他就追到我了。假如我跳在河里,又不会游泳，将会被淹死。照人家的话，假如我躺在地上装作死人，他嗅一下就去了。但这句话靠得住么？假如靠不住，多么不幸！最好还是装作不在意。"

于是钓鱼人继续钓着，似乎那公牛不在那里。他希望能这样骗过去。

他的草帽压在头上多么热！

他忍住他要跑的腿，他不得不踏着野草乱走。他大胆把青蝇浸到水里，继续钓着。

其实，有谁逼迫他？

那公牛也不注意他，仍旧和母牛们在一起。

他的起立不过是一种运动，譬如我们伸懒腰。

他那有卷毛的头转向着晚上的风。

他的眼睛半闭着叫。

他作无聊的叫声，自鸣得意的叫声。

【注】

青蝇又称金蝇，身体金绿色，长三四分，头黑，复眼大而红。渔人用为鱼饵。

水苍蝇

牧场中央只有一株橡树,好几只牛休息在他的影子里面。

头俯着,他们的角向着太阳。

假使没有苍蝇的话,他们就舒服了。

但是今天苍蝇实在放肆。又多,又厉害,那些黑的苍蝇像煤块一般聚集在他们眼睛上,鼻孔上,甚至到嘴唇边,那些青的苍蝇就欢喜聚集在他们新近的伤痕上。

如若有一只牛抖动他的皮肤,或是用他的蹄踹干燥的地面,那些成云的苍蝇就嗡嗡地迁移一下。真是骚扰得不安呀!

那时天气很热,一个老太婆在门前预料有暴风雨要临头了,她已经感到有些愉快。

她说:"当心大雨呀!"

果然,天边有电光一闪,但不闻雷声……一滴雨落下来了。

那些牛也知道了,抬起他们的头,走到橡树的边缘,忍耐地呼吸。他们知道好苍蝇要来赶走坏苍蝇了。

起初,雨点是少的,后来逐渐多了,他们从天空落下来,正打在牛的敌人身上,敌人退缩了,疏散了,不见了。

不久,从他们的塌鼻子到长尾巴,那些牛身上流着水,在一群胜利的水苍蝇下面,他们感到舒服了。

【注】

读者终会知道水苍蝇就是雨点吧?

母马

这是收藏干草的时候，仓房里装满了干草，直到屋顶。男人和女人都忙着，因为要变天了，如若已割的干草被雨落湿，就会降低它的价值。所有的车子都转动了，装这一部的时候，那一部就有马拉着到农舍去。天色已晚了，但是仍旧往返不绝。

一只母马拉着车子叫着。这是她回答小马的，她的小马叫她，因为他在牧场上一天没喝水了。

她觉得这是最后一部车子了，她就要和小马接近了，似乎只有她还拉着车子。车子已停在仓房的墙旁了。有人把她身上的车子解下来，自由的母马满希望动着疲乏的脚去接近她的小马了，但是仍旧有人阻止她，因为田野里还有最后一车干草等着她呢。

马

我的马并不好看。他身上有许多疙瘩，头上有许多凹凸，腰部是扁平的，老鼠尾巴，牙齿豁着。但是他替我服役，听我调度，毫不反抗。

每次我使他驾车，我以为他要突然表示拒绝而逃避。但是，决不。他低头，抬头，退入两辕之间，很是和顺。

我对于他也不吝啬荞麦和玉蜀黍。我刷他的毛直到像樱桃一般发亮。梳他的鬣毛，替他的细尾巴打辫子。用手或用声音来抚爱他。我揩干他的眼睛，涂油在他脚上。

难道这些事情感动了他么？

没有人知道。

当我坐着车子游玩的时候，我尤其要称赞他。我用鞭子打他，他便加速他的步伐。我一让他停下来，他就立刻停下。我把缰绳向左拉，他就向左斜行，决不向右，也决不一蹄把我踢到沟渠里去。

他使我害怕，使我惭愧，也使我可怜。

难道他不就要从半睡的状态中醒觉过来，取了我的地位，而把我降到他的地位呢？

他的思想是怎样？

没有人知道。

驴子

　　他每天都是一样生活。早晨，他用迫促的小步伐，替邮差雅谷拉着车子，到乡村传达城市所委托的工作，并带去香料、面包、肉类，以及几份报、几封信。

　　这件工作完了以后，雅谷和驴子就要做他们自己的事情了。这时车子是用来运货。他们一同到葡萄园、树林或番薯田里。他们载回或是蔬菜，或者青树枝，这样或那样，要看季节。

　　雅谷不停地叫着"哙！哙！"并没有目的，好比惯于发鼾声的人。有时驴子嗅得路上有白术，或想到一种意见，他停步了。雅谷抱住他的颈根推一下。假如驴子反抗，雅谷便要咬驴子的耳朵了。

　　他们在田野里吃东西，雅谷吃的是面包皮和胡葱，牲口就在地上寻他所爱吃的。

　　他们直到晚上才回家去。他们的影子慢慢地经过一棵一棵的树木。

不久，寂静的湖——一切已沉浸而睡眠在他里面了——突然被击破而扰乱起来。

不知谁家的女人，在这个时辰，还用发着尖锐声音的旧绞盘，从井里汲水呢？

这时驴子也凑着热闹，向外狂叫，他的插曲不息，直到人家汲完了水。

【注】

白术，多年生草本植物，根为块状，有特异的芳香，可供药用。

"寂静的湖"指夜。

"绞盘"指井上的辘轳。

猪

你虽然有吐怨声的脾气,但和我们很亲昵的,似乎你和我们生活在一起。你用鼻子到处掘,走路既用脚又用鼻子。

你的细眼藏在你像甜萝卜叶子的耳朵下面。

你大腹便便,像一个冬瓜。尾巴短曲像圈圈亝。

那些坏人叫你:"脏猪!"

他们说你即使厌弃世界上一切的东西,但是舍不得一口洗碗的油水。

这是他们在污蔑你。

假如他们肯替你洗洗脸,你的容貌也不坏。

你的蓬首垢面,不加修饰,是由于他们的错误。

如果有人替你布置了好床铺,你自然会困上去。

总之:你的不洁是你的第二天性。

猪和珠子

  人家一把他放到牧场,那头猪便开始吃东西,他的面部再也没离过地面。
  他不只选择嫩草,第一个逢见的东西就嚼。他任意在地面上耕,像犁头一般,又像盲目的鼹鼠,他的鼻子从不疲倦。
  他只希望把自己的肚子长得肥圆,他的肚子已经像腌肉的木筒了,他从不去想肥圆后的结果。

有什么关系,方才他的鬃毛晒在正午的太阳里;有什么关系,现在乌云临头,把冰雹打在牧场上。

喜鹊早已自觉地飞走了,火鸡躲在篱笆边,小马逃到橡树下。

但是那条猪还是在那里吃东西。

他决不放弃一口之量。

甚至尾巴都不轻易摇动一下。

满身都被冰雹打了,他才勉强吐一些怨声:"这许多邋遢的珠子!"

绵羊群

他们从茅草地归来，在那里他们从早到晚吃着，鼻子埋在自己的影子里。

听着一个懒惰牧人的手势，一只狗子引导他们的归程。

他们挤满在路上，从一条壕沟到另一条，他们一上一下像波浪一般。用老太婆的小步伐踏着地，一时聚集，一时疏散。跑步的时候，他们的脚发出芦苇被风吹的声音，尘埃的路上留着蜂巢似的行迹。

他们拥入一个农舍。有人说今天是他们的节日，他们

急促地在路上发出欢乐的叫声。

但是他们并不留在那个农舍里,他们走过去了。他们向着天边走,走上一个斜坡,向着太阳。他们趋近太阳,但是安睡在离开太阳的地方。

这时西方留着一块一块的云霞,他们的形状像迟归的另一群绵羊,可是他们环绕着太阳,享受他的光和热,直睡到明天早晨。

母山羊

谁也不读区公所墙壁上所贴的一张政府公报。

可是,有一只母山羊去读了。

她站在她的一双后脚上,一双前脚靠在公报下面的墙壁上,摇摆她的角和胡子,向左向右移动她的头,像一个看书的老太婆。

她读完了。这张报上有新鲜的糨糊,气味很好,于是那母山羊把这张报吃了。

在这个区里并无浪费的东西。

【注】

政府公报没有人看,供母山羊做食料(或供人做包裹纸也是一样),浪费呢?不浪费呢?

公山羊

　　他的气味行在前面。人家还未看见他,已经知道他到了。

　　他行在羊群的前面,母绵羊跟着他,混乱地在尘埃里。

　　他的毛长而干燥,背脊上有一条分界的纹路。

　　他骄傲他的身材甚于他的胡子,因为母山羊的颈下也是有胡子的。

　　他走过的时候,有的人掩着鼻子,有的人欢喜这股气味。

　　他走路不向左看,也不向右看,直向前进。他的耳朵是尖的,尾巴是短的。他行过的地方,常常遗下念珠一般的粪粒,人家责备他,他不懂什么叫作罪恶。

　　天色晚了,太阳要下山了,他和收获的农夫一同回到农舍。他的角,因为有年纪的缘故,弯曲得像农夫的镰刀。

家兔

在一个半截的桶里,黑儿和灰儿像母牛一般吃着,他们的脚爪放在温暖的皮货下面。他们每天只吃一顿,这一顿要延长到全天。

假如我们迟给他们新草,他们就啃旧草直到草根。

假如我们漏下一颗生菜,黑儿和灰儿两个都跑来了。他们对着面,摇动他们的头和耳朵跑来。

当生菜只剩一片叶子的时候,他们各吃一端,比赛速度。一叶也吃完的时候,他们的嘴碰在一处,像兄弟和好而接吻一般。

但是灰儿近来感觉衰弱了。从昨天起,他的肚子胀着。真的,他吃得太多了。一叶的生菜,虽然不饿也吃得下,但是今天他不能了。他放弃那一叶,困在一边,在他自己的粪粒上,发着短促的痉挛。他的身体强直,四脚挺伸。

黑儿一时觉得恐怖。恭恭敬敬地坐着，轻轻地呼吸，嘴唇闭着，张开浑圆的眼睛注视着。

　　他像一个能看透奥妙的聪明人。

　　他的双耳直立的时候，表示那个紧急关头。

　　后来他的双耳倒下了。

　　于是他吃完了那一叶生菜。

野兔

菲利普允许我看一只在洞里的野兔。这不是容易的事情,这需要老猎人的眼睛呢。

我们穿过已收获的田里,那里的北方有丘陵遮蔽着。

今天早晨,那里有一只野兔躲着,因为那里可以避免北风;即使日里风向改变,野兔仍旧留在洞里,直到夜晚降临。

在打猎的时候,我只看着猎狗、树木、百灵和天空;菲利普只看着地面。他把眼光射在每一条田沟,从凹处到凸处,一石块或一土块都不放过。也许那是一只野兔吧?他就要去证实。

这一次,他看见了一只!

菲利普很满意地对我说:"你愿意射击他么?"

我转过身来,问他野兔在哪里。

他说:"那里!你没看见他的眼睛在动么?"

我说:"我没看见。他在凹路里么?"

他说:"是的,但不在第一条,在另一条呢。"

我说:"我一无所见!"

我把眼睛揩了几下,也是徒然。菲利普心里很着急,好容易看见一只在洞里的野兔,而我却看不见。

他说:"你没看见他么?那么你真的看不见!"

于是他的手托着枪抖动了,他害怕那只野兔要逃走。我说:"用你的枪指给我看。"

他说:"好,你从我的枪口看出去!"

我说:"我什么也看不见,菲利普,你向他瞄准。"

于是我站在菲利普的后面,依着他的瞄准线看出去,但还是找不着!

我的眼力衰弱了么?

我看见什么东西,但那不会是野兔,那是一块黄土。我想找他的眼睛,但找不到。我忍住要对菲利普说的一句话:"我的眼力坏了,你射击吧!"

跑在远处的猎狗回来了。因为那时没有风,他嗅不出野兔的气味,但他可以乱冲乱闯。菲利普低声命令他不要动。

菲利普不再和我谈话。他已尽其所能了,只等候我的发现。

唉!那黑的眼睛,圆的,大如小李子的,使人恐怖的野兔眼睛,他在哪里呢?

哦!我看见了!

我放枪,野兔从洞里跳出来,头颅被打碎了。其实我早已看见他,我的眼力很好,我只是被野兔伏着的姿势骗过了。我以为他像一个球,像一只小狗,所以我在球上找眼睛。谁知他伏着是伸长的,两前脚拼着向前,两耳倒着向后。他只是后身在洞里,他尽量伏着在地面。后身在这里,眼睛在那里离得很远。因此我被他骗过了。

我对菲利普说:"射击在洞里的野兔是懦夫。我们应当投一块石头赶他出来。在他跑的时候,我们两支枪同发。他不会逃走掉的。"

菲利普说:"下次这样做吧。"

我说:"你指导我很好,菲利普,像你这种猎人现在不多了!"

菲利普说:"我也不肯指导任何人呀!"

蜥蜴

他是石缝生的儿子，我依靠石缝立着，他就爬上我的肩膀。因为我立着不动，又穿着灰色的大衣，他以为我是墙壁的连续部分。他觉得墙壁和我的肩膀同样使他愉快。

墙壁说："我不知道是谁爬过我的背脊。"

蜥蜴说："是我。"

【注】

蜥蜴属爬形类，形体像蛇，身有细鳞，长四五寸，有四肢，所以俗称四脚蛇。常栖丛草石垣间，捕食虫类。被天敌追捕时，就断尾而逃，断去部分能再生。

鼬鼠

贫困，但清洁而优雅，他跳跃着一再经过路上。他从这一沟到那一沟，从这一洞到那一洞，去教授他的课程。

【注】

鼬鼠俗名黄鼠狼，骨骼有弹性，伸屈自由，能出入小穴，多栖村市废屋中。

猬

——请揩去你的针棘。

——应当捧着我一如我的原状,不要太紧。

【注】

猬,也称猬鼠,俗名刺猬。属哺乳类、食虫类。遇敌就筋肉收缩,全体成栗球状。它身上所生的针棘,是毛的变质所成。

蛇

太长了!

地球子午线四千万分之一。

【注】

据此,蛇长是一公尺,或三市尺。

蚯蚓

这里是一根能屈能伸的面条子。

【注】

蚯蚓是蠕虫动物中的环节类,体圆长,由多数环节连续而成。

蛙

突然发动,他们在练习弹跳力。

他们在草上跳跃,就像从油煎锅里爆出来的大点子。

他们栖息在大莲叶上,像压纸的青铜器。

他们的肚子胀大如扑满,有人把一个小钱从一只的嘴里塞了进去。他们从池底升到水面,像一个一个的气泡。

他们的大眼睛浮在水面,一动不动,像水面的肿瘤。

晚上,他们呆坐着,向着夕阳打哈欠。

后来,像沿街叫卖的,报告今天的新闻。

今夜,他们将有招待会,你听见他们洗玻璃杯的声音了么?

他们常常吞食虫类。

他们有的只忙着谈爱情。

他们大多数被钓饵所诱惑。

蟾蜍

从一块石头出生,在一块石头下面生活,他要在那里掘一个坟墓。

我常常访问他,我每次扳开一块石头,我恐怕要逢见他,又恐怕不见他。

他在那里。

在那干洞里,洁净而狭小,但很适合他,他在那里住得舒服,肚子胀大得像守财奴的钱袋。

天下雨了,逼得他出了洞,到了我的面前。他的跳跃笨重,用他的赤眼看着我。

世人都污蔑他有癞病,但是我蹲下去看他,我的脸也接近他,我毫不害怕。

最后,我把所余的一分厌恶心也征服了,我用手去抚摸他!

可是,昨天我一时失去理智,竟把他在石头下面压出水来。

我对他说:"可怜的朋友,我不愿意叫你吃痛苦,但是,天呀!你太丑恶了!"

他张开他没有牙齿的嘴,吐着热气,用高声回答我道:"你好看!"

【注】

蟾蜍,又名癞蛤蟆。蟾蜍行动迟钝,像蟾蜍而善于跳跃的是蛤蟆,都属两栖类。蟾蜍皮肤灰褐色,多疣,可鞣制为革,用它做钱袋。

雌蝗

这是虫类的女战士么?

一天到晚,她跳跃而专心对付隐伏的猎人。

最高的草也不能阻拦她。

没有什么叫她害怕,因为她有七里的长靴、公牛的颈根、聪明的脑袋、船底的肚子、赛璐珞的双翼、奇怪的角和拖在后面的一把大刀。

一个女战士不会只有长处而没有缺点,她的缺点也应提及:她咀嚼烟草。

假如你不相信我的话,你可以用手指追逐她。她在跳了两跳以后,被你在薰草叶上捉住了,你可以观察她的嘴:从她可怕的大颚之间,她吐出一滴黑液,像烟草的汁。

但是,你已经捉不牢她了。她狂怒着要跳跃而去。这个绿色的怪物突然用力,把她易断的小腿留在你的手里而逃走了。

【注】

　　飞蝗，俗称蝗虫，体长一寸左右，披黄绿色或有赤褐色斑纹的外皮。头部有触角，口器分上下唇及大小颚；胸部有六肢四翅；后肢特别发达，很适于跳跃。前翅狭长而直，质地较硬。后翅广薄而半透明，静止时可折叠于前翅的下面。翅的飞翔力很强，一日能乘风飞行百余里。腹部十节，雌蝗的第九节更有一针状产卵管。

蟋蟀

这个时辰,黑虫散步得疲倦,回去整理他混乱的家了。

第一桩,清除那狭小沙路上的杂草。

他把木屑做他居室的门限。

斩去一株碍路的巨草的根。

于是他休息了。

稍后,他扭紧他小表的发条。

他扭完了么?发条断了么?他再休息一会儿。

他进屋了,关上了门。

他在那精致的锁孔里把钥匙转动了很久。

于是他静听:外面没有警报吧?

但是,他仍旧不放心。他用一根细链条和发摩擦声的滑车,降入地下室。

我们听不见什么了。

沉静的田野，白杨像人的手指一般，指着那一轮明月。

【注】

　　此篇把蟋蟀在穴中时断时续的鸣声，想象成在整理他自己的家时所发出的声音。蟋蟀雄虫前翅有波状脉，常以两翅摩擦而发声，并非用口鸣叫。

萤

（一）

他家里发生了什么事情？晚上九点钟了，他家里还有亮光。

（二）

草中一点月！

【注】

萤的尾节有黄白色部分，内有发光组织，能于夜间氧化，放出青白色的光，有招寻同伴的作用。

蜘蛛

一只黑色有毛的小手卷缩在头发上。

每天夜里,她奉了月亮的命令,张贴她的封条。

【注】

蜘蛛的腹部特别肥大,末端有二对或三对乳头状突起,就是纺绩器,内和丝腺相连。腺内的黏液,从纺绩器上的细孔分泌而出,和空气接触便凝结成蛛丝。

金龟子

一个迟发的树芽,从栗树裂开而飞去了。

比空气重得多,很难操纵,他固执地,喃喃自语地,驾驶着他朱古力色的翼,还是到达目的地。

【注】

金龟子俗名金虫,属昆虫类、鞘翅类。

群蚁

他们每个都像数字 3。

有很多！有很多！

有很多的 333333333……直至无穷。

蚂蚁和鹧鸪

一只蚂蚁跌在车辙里,因为天下了雨,里面有水,蚂蚁要淹死了。那时刚巧有一只鹧鸪来喝水,用他的嘴把蚂蚁救了出来。

蚂蚁说:"我要报答你呢。"

鹧鸪怀疑地答道:"现在不是拉封丹的时候了。我知道你感谢我,但是你怎样咬着猎人的脚跟呢?现在的猎人都不赤着脚了。"

蚂蚁不费心思来辩论,只是加入蚁阵向前行进了,那个队伍在路上像一串黑珠子。

不多时,一个猎人靠近了。

猎人在树影下休息,一时侧卧在地上。他忽然看见那鹧鸪跑着啄食,穿过了茅草地。他立起来要射击鹧鸪,但是他觉得右臂袖管里有几只蚂蚁爬着,他的右臂有些麻木,不能举枪。那鹧鸪不等他的麻木过去就逃走了。

【注】

拉封丹(La Fontaine)，法国十七世纪的寓言诗人，著《寓言集》十二卷，其中有一篇讲述蚂蚁咬赤脚猎人的脚跟，使鸽子趁机逃走，以报谢鸽子救他出水的故事。

蜗牛

（一）

在容易伤风的季节，总是深居简出，把长颈鹿一般的颈根缩进壳内，那蜗牛气闷得像一个塞着的鼻子。

天气好的时候，他也出外散步，但是他只知道用那舌头走路。

（二）

我的小朋友亚培欢喜和蜗牛玩。

他饲养了满满一个匣子的蜗牛，并且为辨别起见，在他们壳上用铅笔标着号码。

天气太干燥的时候，蜗牛们睡在匣子里。天气潮湿，要下雨的时候,亚培把他们放出来。

亚培说:"只有妈妈还在匣子的底层,其他的都出来散步了。我用一片铅皮管理他们,这个好比是管理群羊的狗子。"

【注】

蜗牛,腹足类软体动物,腹部有扁平的肉足,能匍匐而行。皮肤和足部常分泌黏液,所以能在直立的竹竿和墙壁徐徐上下。

毛虫

她从草丛里出来,她躲在那里是避免炎热的。她起伏着行过沙路。她在路中休息,有时她以为要给园丁的鞋底踏碎了。

行到了蛇莓草那里,她休息一下,抬起她的头左右视察;稍后,再行,在叶之下,或叶之上,然后她认识她的去路了。

多么美丽而肥胖的毛虫呀!身上有黄金色的斑点,头上有乌黑的大眼睛。

她以香气为引导,活动不息,像一个人伸缩他的浓眉一般。她停在蔷薇树下了。

用她精细的铁钩,她探索到硬的树皮,摇摆她的头,决定向上爬。以后她在路上,每走一段都有可吞食的东西了。

蔷薇树顶新开着一朵蔷薇花,像小女儿的颜色。她的香气醉人。她不拒绝任何人。她欢迎第一个光临的毛虫,恰似收到礼物一般。

最后,她预料今夜天气要冷了,毛虫很满意地在颈上加一条围巾。

蚤

一粒附有弹簧的烟草末。

【注】

蚤,体微小,色赤褐。它有三对足,最后的一对发达强健,所以善于跳跃。

蝴蝶

这张对折的情书在寻找一个花的住址呢。

细腰蜂

最后她终于折断了自己的细腰!

蜻蜓

她正在治疗她的眼炎。

她从这河岸飞到那河岸,她只是把她肿胀着的眼睛润湿在清水里。

【注】

蜻蜓雌虫用尾端点水产卵,孵化的幼虫名水虿,在水中生活。

松鼠

（一）

围脖儿！围脖儿！是的，毫无疑问；可是，小朋友，这不是戴在那里的呀！

（二）

秋季里活泼的点火者；他一再经过树叶下，带着他尾巴的小火把。

【注】

松鼠外形像鼠，尾生长毛，成圆筒状，跳跃于树间。

鼠

我在灯光下做我每天的写作,我听见轻微的声音。假如我停写,那声音也就停止。我的笔头在纸上摩擦的时候,他又开始响了。

这是一只没有睡的老鼠。

我猜想他是来往在那黑洞旁边,那里厨娘放着抹布和刷子呢。

他跳在地上,跑在厨房的石板上。他接近灶门,又在水槽下面,又到了放碗碟的地方,他由近及远地检查一遍,最后才到了我这里。

我每次把笔管放下,这种沉静使他不安。每次我用笔的时候,他以为也许另有一鼠在别的地方呢,于是他放心了。

后来,我并不看他,他到了我的书桌下,在我两腿之间。他绕行我椅子的每只脚。他居然大胆来啃我的鞋子!

用不着动我的腿,只要我的呼吸重些,他就疾行而去了。

但是我要继续写,深恐他把我弃在孤寂的境界里,我写猴子及其他小事物,一点一点地,像他咀嚼东西一般。

【注】

老鼠知道人在工作时不去注意它,并非以为另有一鼠在别处,著者的观察不合于事实。

猴子

去看看那些猴子，——讨厌的顽童，他们已经撕破他们裤子的底部了！——他们攀援，跳舞于新升的太阳之前，发怒，扒搔，拣择东西，而且他们喝水的姿态也天真优雅，同时他们的眼睛——有时昏乱；但不长久——放出光芒，很快就熄灭了。

去看看那些红鹤，他们像在火钳上行走，因为涉水时害怕弄湿他们的红裙；那些天鹅和他们可骄傲的长颈；那些鸵鸟，他们小鸡一般的双翼和他们像车站站长的小帽子；那些鹳雀，他们常常耸着肩头，但这动作并不表示什么；鹳鹭只穿一件可怜的短衫，冻得瑟瑟发抖。那些企鹅已披了大氅；那塘鹅的喙像一把木刀；还有那些鹦鹉，其中驯养最久的能够骗取我们手里的铜元。

去看看那牦牛，他叫人想到史前的动物；那长颈鹿，他的头伸到铁栅外面；那象在门前穿着短袜，俯着头，长鼻子耷拉着，他简直像被套在袋子里而隐没了，他身后拖着一根短绳子。

最后，去看看那豪猪，他一身都是笔管，对于自己和他的朋友都是不方便的；那斑马，他是一切其他斑马的典范；那豹，从他的床上跳下来；那熊，他逗乐我们，而自己却不乐；还有那狮子，他打呵欠，使我们也打呵欠。

【注】

大概这篇是看了动物园回来所记的印象。

猴，猿类，臀部有胼胝体，用以栖踞树上。

红鹤，属鸟类、涉禽类，又名朱鹭，羽色白，微带桃红色。喙长，微向下曲，脚长色赤，栖湖沼旁。

鸵鸟，属鸟类、走禽类，有美洲鸵和非洲鸵两种。头小颈长，嘴扁而短，体高七八尺，重可二百余斤，在鸟类中是顶大的。翼很小，不能飞翔。强大的脚可以一小时走七十余里。

鹳，亦名鹳雀，属鸟类、涉禽类，形像鹤，也像鹭，羽色灰白。

鹈鹭，是类似鹳的涉禽，产非洲及印度。

北海野鸭，北方海岸的短翅野鸭类。

塘鹅，又名鹈鹕，日本名伽蓝鸟，属游禽类，下喙的下面有一大囊，便于藏鱼。

鹦鹉，属鸟类、攀禽类。羽色美丽，有钩状的嘴和爪。舌肉质而柔软，气管部有特别构造，所以能效人言。

牦牛，类于水牛，但遍体密生柔软的长毛，产西藏高原地。

长颈鹿，属反刍偶蹄类，形似鹿而颈特长，从头顶到足趾高一丈七八尺，产非洲。有人说长颈鹿就是古时的麒麟，亚洲曾发现它的化石，中国古时曾有此物。

象，哺乳动物长鼻类。现今只有印度象与非洲象两种。体高达一丈二尺，皮厚毛疏，颈短鼻长（鼻和上唇合成圆筒状，屈伸自由），四肢粗大，呈圆柱。

豪猪，又名箭猪，属啮齿类动物。体长二三尺，头大，眼小，耳短。体上密生长大的棘，棘中空，两端尖。遇敌会蜷曲其体，耸立棘毛抵御，有些像猬。

斑马，奇蹄类动物，形似驴，所以也名斑驴，公的色淡黄，母的色白，都有黑黄色条纹。

豹，比虎稍小，毛色黄褐，有黑色圆斑，能攀登树木。

熊，哺乳类，食肉类动物。体肥满，毛密而硬，色黑，但喉下有新月形的白色部分。栖深山树洞土窖中，善攀木。

狮，栖山林中，攫食群兽，又吼声洪大，群兽听了，无不震恐，所以有兽王的称呼，但动物园中的狮，常垂头丧气。

鹿

我从小路的这一头走进森林,他从那一头迎面而来。

起初,我以为来者是一个捎着树柴的樵夫。

稍后,我辨别出那是一棵小树,丫枝分开,没有叶子。最后,我才知道他是一只鹿,我们俩都停了步。

我对他说:"你前来。不要怕什么。我虽然带了一管枪,但这只是装装样子。我虽然把火药装在枪膛里,但从未使用过。"

那只鹿听着,并考虑我的话。我刚说完,他毫不犹豫,向后转,开步走,像风一般逃去了。

我向他叫道:"真可惜!我早已梦想和你同路走。我亲手给你所爱的草料,你伴着我散步,我的枪挂在你的丫枝上。"

虾虎鱼

他迎着活水流游行，又跟随石子画着的路径，因为他既不爱水底泥，也不爱池边草。

他发现一个瓶子躺在水中的沙地上。瓶子里只装满了水。我特意忘记在瓶子里放些引诱物。那虾虎鱼在瓶子四周旋转，寻找入口，结果被捕了。

我收回那个瓶子，把那虾虎鱼投到水里。

在水面上，他听见人声。因为好奇，他不逃走，反而游近些。好玩的我，用一根竹竿在水中敲动，旁边放了一扇网。那顽固的虾虎鱼想穿过网眼。结果他留在网里。

我提起那扇网，把那虾虎鱼投到水里。

在水面下，我的钓线突然受到震动，水面的两色浮标受到牵引。

我急举起钓竿，那个被钓的还是他！

我把他从钩子上脱下来,再投他到水里。

这一次,他不来接近我了。他沉到清水底,一动不动。我看见他的大头,呆眼,和一对触须。他吃了这样苦头以后,他的嘴唇受了伤,他张口打呵欠,他用力呼吸。

但是他的脾气并不改!我重新把钓线浸在水里,用着原有的鱼饵。立刻那虾虎鱼又来咬了。

我们俩究竟谁先感觉厌倦呢?

当然,以后他们不愿上我的钩了。他们不知道今天是我钓鱼的开幕日呀!

【注】

法文 goujon,英文 gudgeon,为欧洲淡水中小鱼,与鲤同类,我国译名虾虎鱼,或虾虎、鲨,或吹沙小鱼。钓鱼的嫌它太小而弃掉它。

梭子鱼

在柳影下一动不动,这是一把古代强盗挂在腰旁的尖刀。

【注】

梭子鱼,属鱼类、硬鳍类。体为圆柱形,长一尺至一尺半。头尖锐,下颚长,口阔齿强,眼大鳞细。背部淡青,腹面银白,鳍黄或赤,性敏捷善跃。产我国东南沿海及印度洋、红海等处。

鲸

在他的嘴里有做胸衣的材料，但是他这般大的体魄！……

【注】

鲸，属哺乳类，大者六七丈。种类甚多，大别为有齿、无齿二类：有齿的如掠香鲸等是；无齿的，以须代齿，如露脊鲸等是。普通的鲸，多指露脊鲸。鲸须由纤维性物质构成，可供编织的材料。

渔人万君

　　万君不是一个穷渔人,而是一个有知识、好虚荣、喜多言的渔人。他没有特别的服装和费而无用的渔具。在开渔日的前夕他就不怎么兴奋。他有一钩一线足矣,浮标上乱涂些颜色,鱼饵是自家园子里的虫,还有一个放鱼的网袋。可是万君在厌弃各种野外活动以后,他确是很爱钓鱼,虽不能说他热衷于此道。

　　钓鱼开放后,他差不多从早到晚钓着,而且常在一地。其他渔人讲究风向、阳光和水色,万君一概不问。他一竿在手,沿着约讷河任意跑,欢喜停步在哪里就在哪里,欢喜在哪里下钩就在哪里,他行动得很愉快,直到吃中餐或晚餐才回家去。万君并不借钓鱼的名义,随便在野外咬一块面包就算。

　　有一个星期日的早晨,他出去得比往时早,坐在河岸的草上——并不坐在可折叠的凳上。他尽量地自乐其乐，他觉得今天早晨空气特别新鲜，约讷河的水特别清净，像明镜一般。水面上有长脚蚊子浮着，河岸上有蟋蟀鸣着。当然，钓鱼一事也是使他愉快的。

不久，他就钓着一条鱼。这不是特别的事情。万君常常钓着别的鱼呢。他是意不在鱼的，他是来消遣的，但是鱼既来上钩，他就不得不钓他出水。万君每次得鱼，并不怎么高兴。

万君在扯开网袋之前，把那条虾虎鱼放在草地上。这并不是说："什么！不过一条虾虎鱼呀！"其实虾虎鱼也有大的，他牵动钓线时叫渔人心里欢喜呢。

万君沉静地又把钓线投到水里，但是他并不把那条已钓得的虾虎鱼放在袋里，不知何故，他只是注视那条虾虎鱼。

这还是第一次，他注视已钓得的鱼！往时他只忙着注视河里的鱼，今天他注视那条虾虎鱼，有好奇的情绪，稍后且有惊奇的和一种不安的情绪。

那条虾虎鱼在跳跃几次以后，侧卧着不动，只有微微的呼吸，表示他还有生命。后来他的鳍贴在背上，嘴一开一闭，两根触须像小胡子。渐渐呼吸困难了，几乎上下颚骨也合不起来了。

万君说："我这人太无聊，我看着他窒息而死！"后来又加上一句："他是痛苦的呀。"

是的，鱼死的时候他也痛苦的。起初人家不相信，因为他不会说话，不会表示出来，他是哑子。那条临终的虾虎鱼，看起来好像还在玩耍一般。要看鱼的死，需要十分专注，像万君那样。人若不思之念之，终不能达到了解的地步。

万君说："我知道我的错误了！玩够打猎以后，又玩捉鱼！有一天，我打猎，我问自己：我为什么有权打猎？答案就在嘴边。我不应当打断鹧鸪的翅膀和野兔的腿呀！于是从那天晚上，我把猎枪收起来了。钓鱼这桩玩意儿，因为流血少些，我才干起来。……"

万君说到这里，那水面的浮标已在大动而特动了。他把钓竿举起，才知道钓钩已被那条鱼吞下肚去了。钓钩应当拉出来，于是撕破鱼的肉，弄断鱼的鳃，鱼血流满了手。

哦！这条鱼有表示了：他流着血！

万君卷起他的钓线，把两条死鱼放在杨树根旁，听水獭来吃掉算了。

万君在回家的路上似乎还欢喜,他微笑着说:"以前打猎,还可有兔子肉吃,现在钓得的鱼,不够叫太太下锅,只是孝敬了猫儿。猫儿要吃鱼,他自己去捉吧!"

于是他把钓竿折断了。

可是万君不免有些伤感,他又自己问道:"难道我最后变为智者吗?难道我已失去生活的趣味吗?"

【注】

约讷河 (Yonne),是法国的一条河流。

园中物语

（一）

群花："今天有太阳吗？"

向日葵："是，假如我愿意。"

喷水壶："请原谅，假如我愿意，天就要下雨，假如我脱去莲蓬头，天就要下暴雨。"

（二）

覆盆子："为什么玫瑰树有刺呢？没有人吃玫瑰花呀！"

池中鲤鱼："说得好！因此谁要吃我，我就用我的刺刺他。"

荆棘："话是对的,不过你刺他太迟了。"

（三）

玫瑰花："你觉得我美丽吗？"
黄蜂："有其外,未必有其中！"
玫瑰花："那么,请进来。"

（四）

葱："哦！气味多么臭！"
蒜："我和你打赌,这个还是丁香花。"

【注】

丁香,属桃金娘科,花淡红色,许多花簇生茎顶,花蕾是芳香性的调味药,又可用蒸馏法以制丁香油。

红罂粟

　　他们开在麦田里,像一队小的兵丁;但是他们红得很可爱,而且不会损害人的。

　　他们的剑,那就是麦穗。

　　风使他们跑步;当他愿意的时候,每株红罂粟和矢车菊在田沟里等候他的女同乡。

【注】

　　罂粟,二年生草本,高四五尺。花蕾常下垂,花开时就向上,花大而艳丽,有红、白、粉红等色。果实为蒴果,内有种子如粟粒。

　　矢车菊,一年生或越年生草本,高三四尺,夏秋开花,通常都是蓝紫色,麦田内常常生长。

蝙蝠

她们是夜的女儿,因此她们受不住白昼的光芒。

当夕阳西下,我们纳凉的时候,她们像破布一般从古旧的梁上飘下来,在白昼她们用钩爪倒挂在那里而昏睡着。

她们拙劣的飞行使我们不安。她们的翼,不是羽毛,而是薄膜,环绕我们扑着。

她们不用眼睛,——渐渐退化成为无用的了——而用耳朵来指导她们的飞行。我的女友掩起她的脸,我也掉转我的头,深恐碰了不洁的她们。

有人说她们会吸我们的血,直到我们死才停止。这些话实在太荒诞了。

她们并不是凶恶的。她们并不触着我们。

可是她们是夜的女儿,她们不欢喜光,她们寻找点着的烛,用她们的翼来扑灭它。

【注】

蝙蝠又名飞鼠,哺乳动物翼手类。日间伏匿暗处,夜出捕食蛾蚊等类。眼不常使用,渐渐退化,听觉敏锐,飞行时能以耳代目,不触着外物。

与蝙蝠相像的有"吸血蝙蝠",夜出吸人类或动物的血液,产中美、南美。

没有鸟的笼子

费立格不了解人家为什么要把鸟关在笼子里。

他说:"这和采花是同样罪过,我个人只愿意嗅开在枝头上的花朵;同样,鸟是命定在空中飞的。"

可是他买了一个笼子,把它挂在窗前。在里面放一个棉絮窠。一茶托的谷粒,一杯可以更换的清水。在里面吊着一架秋千,一面小镜子。

他说:"我每次看到我的笼子就觉得精神愉快。我可以在里面放一只鸟,但是我让它空着。假如我愿意,像棕色的画眉、美丽的山雀,或其他种类的小鸟,都可以捉来做囚徒。但是因为我的缘故,至少空中多一只自由鸟呢。"

【注】

莺,亦名山雀,鸣禽类,形似雀,长约五六寸,鸣声悦耳,可为笼禽。

金丝雀

我为什么买这雀子呢？

卖鸟的对我说："这是公的。等候一星期，便驯养成功，他要歌唱的。"

可是这雀子固执着不开口，只是乖僻。

我在他杯子里装满谷粒，他抢着啄去，弄得谷粒散在四处。

我用细绳扣住一块饼干，从栅缝里塞进去。他只是啄着绳子，把饼干打击得落在地上。

他在饮水中洗浴，又喝自己的洗澡水。他在两种水里随便下粪。他以为蛋糕是不值钱的，他在上面啄一个窟窿，任意蹲在里面。他不懂生菜叶有什么用处，只是把它撕着玩。

他啄一粒谷，也装作咽不下。他把它滚到东，滚到西，滚碎了才吃，扭转着颈根像一个无齿的小老太婆。

他从不知道啄糖块，他以为这是一块阶石，或是一块台面板呢。

他欢喜他的两根交叉的木棍子。我看见他在木棍上跳跃就感到心烦。他和钟摆一样笨拙。我不知道他这样跳跃有什么趣味和作用。

他运动以后就要休息，他的双脚只会拥挤在一根木棍子上。

我烧起炭炉时，他以为春天到了，是他换毛的时期了，他马上剔除他的羽毛。

我的灯光扰乱他的夜和他睡眠的时刻。他在黄昏时候就闭眼了，我使笼子四周的黑暗加浓。也许他已经入梦吧？但是我的灯光接近时，他突然瞪大眼睛。怎么！已经天亮了吗？即刻，他跳起舞来，啄着菜叶，张开他的尾巴和翅膀。

我吹灭我的灯，我没有看到他昏乱的情形！

不久，我厌烦饲养他了，这哑雀子，他的生活只是叛逆。我把他放在窗外，他还以为在笼子里呢，不知道享受自由的幸福。

有人用手把他捉住。可是我叫人家不要送还给我。我非但不感谢,我发誓不认识这雀子!

【注】

金丝雀,属鸣禽类,它的原种,面部至胸部黄色,脊绿褐,腹白,尾翼皆黑,鸣声可爱。

燕雀

在谷仓的屋顶有一只燕雀唱着。他在相等的时间,重复唱着他祖传的调子。

我用力注视他,眼睛昏花了,辨不清楚谁是谷仓,谁是燕雀。所有那些石块、干草、屋脊和砖瓦的生命,都从那只小鸟的嘴里显出来了。

或者更可以说那谷仓本身发出一种小调儿呢。

【注】

因为眼睛昏花的缘故,鸟和谷仓合为一体,谓鸟唱可,谓谷仓唱也可。

金翅雀的窠

樱桃树丫枝中间有一个金翅雀的窠。很好看,圆的,饱饱的,外部是鬣毛,内部是绒毛,里面有四只才孵出的金翅雀。

我对我的父亲说:"我很想把他们拿来饲养起来!"

我的父亲常常对我说,把鸟放在笼子里是罪过。但是他这一次不再说同样的话了,他没有回答我。

过了几天,我又对他说:"假使我愿意,这是很容易办的。我把他们连鸟窠一道搬进笼里,我把笼子挂在樱桃树上,那母鸟一定要从栅缝给食的,直到他们不需要的时候。"

我的父亲不批评我这种办法的对不对。

因此我把鸟窠和小鸟搬进笼里,笼子挂在树上。不出我所料,那些老金翅雀毫不迟疑地把青虫衔给小鸟。我的父亲从远处望着,和我一样感觉好玩,金翅雀来来往往,在空中画出红得像血、黄得像硫黄的路线。

有一天晚上,我对父亲说:"小鸟已经强壮了。假如他们在笼外,他们要飞起了。明天起,我预备拿到家里,把笼子挂在窗前。我请你信任我,全世界的人都不会比我饲养得好些。"

我的父亲也不说反对的话。

到第二天,我发觉笼子已经空着了!我的父亲也在那里,看见我当时发呆的形状。

我说:"我要知道,这个开笼子的愚人是谁?"

【注】

金翅雀,亦名金雀、金莺,鸣禽类,形似雀,羽毛美丽,鸣声悦耳。

黄鸟

我对他说:"即刻还我樱桃来!"

黄鸟答道:"好!"

他还我樱桃,同时他还我三十万条的幼虫,这是他一年中吞下肚的。

【注】

黄鸟即黄莺,又名仓庚,背面带灰黄色,鸣声清脆可听,喜食虫类,于人为有益,兼食果实,也不好怪他。

麻雀

我坐在园中榧树下面,听着树叶声、虫声和鸟声。我很沉静,一动不动,他们以为我不在那里。

一只金翅雀来榧树上,在树叶上啄了一会儿,他飞去了,没有看见我。其后来了一只麻雀,就息在我头顶的一枝上。

这麻雀虽然强壮,看上去还是年青的。他的爪抓紧树枝,他息着不动,似乎飞得疲倦了。他的嫩嘴噪着。他不看我,我却注视他长久了。我需要动一下。我动的时候,那麻雀起初张翼欲飞,但又敛翼而安静下来。

我不知何故,站了起来,机械地伸出手臂,张开嘴唇呼唤他。

那麻雀,居然从枝头拙劣地飞下,立在我的指上!

那时我感觉一种说不出的愉快,有生以来第一次体验到的,好像看见不相识的美人向我微笑一般。

那麻雀信任我,立在我的指上拍翼,作要跌下状,又向我张口索食。

我正想把这奇迹带回去告诉家人,我的邻居小朋友乐儿跑来了,他似乎在寻找什么。

他说:"呵!他在你这里了?"

我说:"是的,小朋友,他是我捉着的。"

乐儿说:"他是从我的笼子里逃出来的,我从早晨找到现在了!"

"他怎么会是你的呢?"

"是的,先生。我饲养他有一星期了。他才会飞,但没有野性。"

"乐儿,把你的麻雀拿走吧!下次不要让他飞出来,否则的话,我要勒死他。我很讨厌他!"

【注】

麻雀本不是名贵的鸟,但一伸手落在指头上却是奇迹,后来知道他原是驯养的麻雀,这个多么扫兴呀!

我记得一桩故事:有人打死一只狮子,高兴非常。后来知道这狮子是人家驯养的,而且是瞎眼的。结果这人不仅扫兴,而且赔了一笔钱!

燕子

（一）

她们每天来给我上课。

她们用清脆的鸣声标点天空。

她们先在天空画一直线，在其终端加一个虚点，然后又突然画下去。

她们在我的房屋东西南北加了许多括弧。

她们飞行太快了，池面来不及留住她们的影子，她们已从地窖飞到屋顶。

她们的毛笔真是轻捷而灵妙，在天空画了许多不可模仿的花押。有时她们两两联合飞行，她们是蔚蓝天空中的一滴墨汁。

朋友！假如你懂得希腊文和拉丁文，我呢，我懂得希伯来文，那么我们也许可以读出他们所写的文句吧。

（二）

燕雀说："我觉得燕子愚蠢极了，她总是错把烟囱当大树。"

蝙蝠说："人家说得不差，我们两个的飞行是她不如我，因为在白昼她还飞错了路，在夜间她立即要碰死了！"

【注】

法国米什莱（Jules Michelet 1798—1874）曾著《鸟》《虫》《海》《山》等书，很是著名，兹节录吾友徐蔚南所译一篇《燕子》中若干段，以供比较：

谁都承认的，燕子这种鸟，拿在手里，凑近眼睛去看看，是丑陋而奇特的；但这正因为燕子在一切生物之中，生就为着飞行的缘故。她的天性都用在飞行这一点上了：容貌，燕子是不顾的，她所想的只是活动；她静止时就是丑陋，飞行时却是一切鸟中最美好的。

翅膀是剪,眼睛是箭,头颈是零,脚是简直没有:一切是翅膀,翅膀是一切。这是燕子的要点。请再加上一张极大的嘴,老是张着,不停地啄着飞虫,一闭嘴又张开了。

如此,她飞着吃,飞着喝,飞着浴,飞着喂她的儿女。

燕子虽没有像老鹰那样能落雷一般地从天而降,但她却是更自由的。她会旋转的,旋出几百个圈子来,旋出一个变化莫测的迷宫来,旋转,再旋转,旋转到无穷尽。敌人晕眩在她的旋转里,简直不知道做什么好。她真是空中女王!

可是天生这样唯一的翅膀,却有一个极凶的条件,就是把脚来取消这条件。她停下来时是用肚皮的,所以她总不停下来。恰恰和其他生物相反,活动是她唯一的休息。她在空中任意飞翔,太空摇着她,托着她,给她休息。要是她停下来,她是畸形的,简直像麻痹了的一般:鸟类中的头等角儿倒降做爬虫类的朋友!……

喜鹊

（一）

从去年以来，天留给她一点儿雪。

她并着脚在地上跳跃，后来她一直线机械地飞向一棵树。

有时飞不到，只好在邻近的树上停下来。

她是极普通的，被人轻视到觉得她似乎是不死的；从早到晚，她穿着一套鹊尾服而多言不休：这正是我们最法兰西的鸟呀！

（二）

喜鹊："鹊，鹊，鹊，鹊！"

田鸡:"你说什么?"

喜鹊:"我不是说,我是唱。"

田鸡:"蛙,蛙,蛙,蛙!……我也是唱。"

鼹鼠:"地上不要喧哗,妨碍地下的工作!"

【注】

鹊,俗名喜鹊,头背黑褐色,肩颈腹等处白色。鸣声喈喈(喈音借)。

乌鸦

（一）

我的园中有棵老胡桃树，差不多要枯死了，他使小鸟们害怕。只有一只黑色鸟栖息在他最后的几叶之中。

但是园中还有其他年青的树呢，他们都开着花，有许多活泼、快乐，而且有种种颜色的鸟在上面做窠。

看起来这些年青的树似乎讥笑那老胡桃树呢。

他们常常向他发出一阵喧哗的鸟，——好比讽刺的话句。

麻雀、岩燕、白颊鸟、燕雀轮流地向他侮辱。他们用翅膀来折断他的丫枝。爆发声使他们逃回，又换了一批从年青的树上出发。他们尽量地冒犯，噪闹，大声和怪叫。

从天明到黄昏，就这样地燕雀、白颊鸟、岩燕、麻雀从年青的树向着那老胡桃树乱投，好比一阵一阵的冷讽热嘲。

但是，那老胡桃树也常常不能忍耐，他震动他最后的几叶，放出他的黑色鸟，那就是乌鸦！

（二）

喜鹊："老兄！你终是穿着丧服吗？"

乌鸦："是的，我只有这一套，你还有一条白围巾呢。"

鹦鹉

不坏!在别的禽兽不说话的时候,的确是他有本领;但是,到了今日,所有的禽兽都有才能了。

【注】

这是著者使其他禽兽也说话的缘故。

百灵

我从来没有看见过百灵,我虽然一早就起身也没有用。百灵不是地上的鸟!

我从早晨,就在土块和干草中寻找。

一阵褐色的麻雀或彩色的金翅雀都飞跃在荆棘的篱笆上面。

喜鹊在树顶飞过,像检阅一般。

一只鹌鹑越过薰草,一直线地飞去了。

在牧人背后,群羊互相跟随着跑,像编织一般。

一切都沉浸在新的光里,就是不肯说好话的乌鸦也在微笑。

但是,你像我一般地听着吧!

你听见天上有水晶棒敲金茶杯的声音了吗?

谁能指点我百灵歌唱的地方呢?

假如我望着天空,太阳烧着我的眼睛。

我应当放弃看见她的念头了!

百灵生在天上,这是唯一天上的鸟,她把歌声传到我们耳朵里。

【注】

鹨,属鸟类、鸣禽类,体长三寸许,毛茶褐色,脚健爪长,善步行;有时高飞天上,鸣声相属,有如告诉,所以一名告天子,又名云雀;善模仿其他鸟声,所以亦名百灵。

鹑,俗名鹌鹑,实则鹌与鹑非一物,形状都像鸡。

翠鸟

今天下午,鱼不上钩,但是我带了一种稀有的情绪回来了。

当我执着钓竿的时候,一只翠鸟飞来栖息在上面。

我没有看见过比这鸟更灿烂的。

他像一朵蓝花,开在长茎的顶上。那钓竿因为他的重量而弯曲了。我几乎不敢呼吸,觉得翠鸟把我当作一棵树看待,是值得骄傲的。

我可以断言,他后来飞去不是因为害怕,而是相信他是从这一枝飞到那一枝罢了。

【注】

翠鸟,又名鱼狗、鱼虎,属鸟类、鸣禽类。嘴长尾短,头部橄榄色,背面青绿色,腹面赤褐色,足小而赤,栖湖沼旁树林中,伺鱼类浮出水面而捕食之。

鹰

起初,他在农舍上空画一个圈子。

他只像一只苍蝇,一粒煤灰。

他愈向下降,画的圈子愈小,于是他逐渐大起来了。

有时他似乎停在天空不动。家禽已发出警报,表示不安。鸽子们已进了檐下的窠里。一只母鸡用短促的声调呼唤她的小鸡;家禽饲养场里谨慎的鹅也已通了声气。

那鹰踌躇不下来,只在同样的高处旋转。这也许和钟楼顶上的雄鸡有关系吧。

我们以为他被一根线吊在天空呢。

突然那根线断了,那鹰直落下来,他已选定了他的牺牲品。这时地面上要发生悲剧了。

但是,出乎大家的意外,他在达到地面以前停住了,似乎他失去重量一般,后来他又拍翼上升。

他已经看见我在门口窥伺他,又看见我的背后有一样长而发亮的东西呢。

鹧鸪

鹧鸪和农夫是和平相处的,一个在犁后,一个在邻近的草里,相距不远,互不妨碍就算了。鹧鸪懂得农夫的口音,对于他的一呼一喊毫不惊奇。

犁的摩擦声,阉牛的咳嗽声,驴子的叫声,鹧鸪知道这些都没有什么关系。

但是这个和平由于我的到来而破坏了。

我一到来,鹧鸪飞起了,农夫不安。阉牛和驴子也不安。我的一声射击,自然界的一切都失了原来的秩序。

*　　　　*　　　　*

这些鹧鸪,最初被我从田里赶起来,其次再被我从薰草里赶起来,其次再被我从牧场赶起来,从沿着篱笆赶起来;其次从树顶,其次……

我突然停止了,头上淌着汗,我叫道:"野东西呀!你们使我跑得好苦!"

*　　　　*　　　　*

从远处,我望见牧场中央一棵树根旁有什么东西。

我沿着篱笆走近,我从上注视着。

在我看起来,那东西像是鸟的颈根,直竖在树影子里。我的心立即加速地跳着。在那些草里,只有鹧鸪。她们听见我的声音,母鸟发出一种信号,她们都伏着了。母鸟本身也低下去,只是她的颈根还直竖着,她做守望的工作。但是我很怀疑,因为那颈根一动不动,也许我看错了,会射击着树根。

在树根周围,处处都是黄色斑点,究竟是土块还是鹧鸪,真叫我辨不清。

假如我把那些鹧鸪赶起来,那些树枝遮蔽我的视线,阻碍我射击天空的鹧鸪;我宁可射击地上的鹧鸪,这种射击法,规矩猎人称为暗杀。

但我认为是鹧鸪颈根的,竟一动也不动,我已窥伺了很长久。

假如那个真是一只鹧鸪,她的耐心和小心是值得称赞的,其他的鹧鸪服从她的命令,竟没有一个动。

后来,我躲在篱笆背后,停止观望,因为我看见鹧鸪的时候，鹧鸪也看见我呀！

现在我们两不相见，沉静得像死人一般。

后来，我再观望。

哦！这一次我可以决定了！那鹧鸪以为我不在了，她昂着的颈根已缩短一段，这个运动表示她是一只活的鸟，而不是死东西。

我慢慢地从肩头上取下枪来使用它……
*　　　*　　　*

晚上，我疲倦了，吃饱了，我躺在床上睡不着，想着日里，我所射击的那些鹧鸪，我想象她们夜里的经过。

她们都受着惊吓。

她们有的被呼唤而不应了。

她们有的死里逃生，受着伤立不起来。

她们才栖息下来，那只守望的又发出警报了。她们不得不再迁移，离开那田里或草里。

她们只是逃命，她们甚至害怕听惯了的声音。

她们没有游戏，没有饮食，没有睡眠。

她们不知怎样好。
*　　　*　　　*

假如有一只受伤鹧鸪的羽毛，自己落在我的猎人帽上，因而黏着在上，我觉得骄傲，这绝不是夸张的。

一到天下雨太久，或干燥太甚，我的狗子嗅觉不灵敏，我的枪瞄不准了，鹧鸪不接近我们了；那时，我相信我在进行正当防卫。

* * *

有许多鸟，像喜鹊、乌鸦、画眉之类，是猎人所不打的，我也加以尊重。

我只欢喜打鹧鸪。

她们是狡猾的。她们狡猾之处是老远就飞起，但是终有人追及而且惩戒她们。

她们等候猎人走过，但太早在猎人后面飞起，猎人回头来了。她们在薰草里躲得很深，但是猎人一直走到那里。

她们以为飞得远了些，反而接近些。

她们在地上以走代飞，她们跑得比人快，但是有猎狗呢。

她们分散时互相呼唤，但是她们也呼唤了猎人；她们的歌声是猎人听得顶愉快的。

* * *

有一对年青的鹧鸪已经诀别了。近晚，我在一块已耕的田里把他们惊起。他们几乎连着飞翔，一翼在上，一翼在下，简直可以说他们是比翼鸟。我一发枪，竟有一死一伤的结果。

死的已不知不觉了，伤的还有时间看见她伴侣的死，和感觉自己的死。

在同一处地方，他们俩留着一些爱的痕迹，一些血斑，和一些羽毛。

至于猎人呢，他一发两得，自然要回去对家人宣扬的。

*　　　*　　　*

去年有一对老的，他们的爱也不下于年青的，他们被我打死，而且毁灭他们一窠孵化了的小鸟。起初我看见他们常常在一起。他们很巧妙地躲避我，我也不过分追逐他们。偶然我打死他们中的一只。为着怜悯起见，我索性把其余的一只，也找着打死了。

*　　　*　　　*

有的打断了一只脚，挂着像有线连着一般。

有的起初还跟着别的飞，后来翅膀不听命了；她在地上扑翼，她在地上跑，她尽力跑在猎狗前面，跑出半条田埂。

有的头上中了一粒弹。她从队伍里脱出了。起初努力向上穿,高过树顶,高过钟楼,向着太阳。猎人失其所在,很觉懊丧。但是后来她的头太重了,她的翅膀闭合了,她直向下落,嘴触着地,像一支箭。

有的落下毫无声息,像一块引诱狗子直立的破布,飘在他鼻子的前面。

有的,在枪发火以后,在空中飘荡,像一只小船,结果是颠覆了。有的伤在羽毛里,看不出她致死的原因。

我把她迅急地放在袋子里,似乎我怕看见她或被她看见了一般。但是那不肯死的我要勒死她,在我的手里,她抓着空气,她张着嘴,她的细舌颤动,于是在她的眼睛里,——如荷马所说——降下死神的影子。

*　　　*　　　*

在那里,我一发枪,那些乡农就抬头看着我。

这些劳作的人是批评家,他们跑来和我谈天。有的用重浊的口音,讥笑我的缺点,使我惭愧;有的嫉妒他们打猎的方法不如我;其中诚恳的使我愉快,而且指示我以鹧鸪的路径。他们绝不是义愤填膺的大自然的代言人。

有一天上午，我跑了五小时，猎袋还是空着，我的头俯着，只觉得肩头上的枪笨重。天气很热，要起暴风的模样。我的狗也疲倦了，用小步伐沿着荆棘走在我的前面，他常常坐到树影子里去等我。

我经过薰草地的时候，他突然停下来，坚决地不肯向前进，只是伏在地上摇尾巴。我可发誓，他的鼻子里有鹧鸪的气味了。果然，她们在那里，好几只靠近在一起，避开风和太阳。她们看见狗，看见我，也许认识我；她们虽然害怕，但是还不飞去。

那时我从麻痹中醒觉，我准备好了，我等着。我的狗和我都不首先发动。

突然，而且同时，那些鹧鸪联合飞起，我向着她们的集团射击，好比打了一拳。其中有一只被打死了，在空中乱舞。狗子跳上去咬，带回来只有半只鹧鸪，像一块染着血的破布。其他半只已经打碎了！

回去吧！我们不是无能者！狗子乱跳乱舞，我也得意扬扬！

【注】

这篇多处描写狩猎的残酷,使人发生恻隐心。

射击地上的鹧鸪称为暗杀,与孔子"弋不射宿"同意。

原文 Perdrlk 译为鹧鸪或竹鸡,都是属鸡类,体大如鸹,竹鸡形较小。

山鹬

四月的太阳已下山,那时西方只有红云,停着不动。

夜已从大地升起,渐渐包围我们,那时我和我的父亲在一块狭小的林中空地,等候那些山鹬。

我在父亲近旁,我已看不清他的形状。我的身体比父亲小,他几乎看不见我。猎狗在我们脚旁呼吸,但是看不见他。

画眉已急急回到树林;乌鸦已发出他的喉音,叫所有的鸟雀静默和睡眠。

那山鹬在这时才离开他的隐居地飞出来。天气暖和时,他飞出来要晚些,像今天他飞到平原来已经晚了。他回到树林,找他的伴侣。听他的呼唤,我们猜测他的飞近来或飞远去。他很笨重地飞入两棵大橡树中间,他的长喙伸着,像散步人的一根小手杖。

当我用全副精神听着看着的时候,我的父亲突然发枪,但那猎狗并不应着枪声冲出去。

我对父亲说:"你没有打中吧?"

他说:"我没有开枪。这是滑机的。"

"大概是碰在树枝上的吧。"

"不知道。"

我听见他把子弹壳取出来了。

我问:"你怎样拿枪的?"

他似乎不懂我的意思。

我说:"我问你的枪拿在左边,还是右边?"

他不回答我,我不敢再问了。

最后,我对他说:"也许你打死……那狗子了!"

我的父亲说:"我们回去吧!"

【注】

法文 bécasse,英文 woodcock,今译作山鹬,长喙,涉禽,候鸟。猎山鹬在日出前的晨光中,或在日落后的黄昏里,因那时山鹬出来觅食。

山鹬身体较鹬(法文 bécassine,英文 snipe)大,足较鹬短。

树的家族

在穿过一块被阳光所炙的平原以后,我逢见他们。

他们不住在路旁,因为路旁太闹了。他们住在未开垦的野地上,那里有一条水源,只有飞鸟知道。

从远处望,他们似乎是不允许侵入的。我一到了那里,他们的躯干都站了起来。他们很谨慎地招待我,我可以在那里休息,呼吸新鲜的空气,但是我猜想他们是在观察我而不信任我的。

他们聚族而居,年长的在中央,年幼的正在抽条发叶,散居四周,但并不脱离。

他们要经历长久的年月才死,死了以后躯干不倒,又要经历长久的年月才化为微尘。

他们足以自傲的是他们的许多长丫枝,因此可以互相接触,证明他们都在那里,像盲人用手指摸索一般。他们指手画脚地发怒,如果有急吹的风要来拔他们的根。他们之间没有争端。虽然有时喃喃地鸣不平。但是结果都意见一致了。

我觉得他们应当是我真正的家族。我将很快地忘记我的另一个。这些树渐渐容纳我。为着值得做他们的一分子，我学得下列三事：

我知道注目来往的云；

我知道停留在一地；

我知道静默寡言。

狩猎的闭幕

那时天空灰色，时光又短，好像两端被啃去了。

中午的时候，太阳懒洋洋地瞪一瞪眼，不久又闭着了。

我信足所至，没有目的。我的枪是无用了，我的狗子往时发狂一般，现在也不离开我了。

河水冻了，也不透明，假如把手指放下去，就像被破玻璃所割。

在田野里，我每走一步都有懒惰的百灵飞起。她们成群而飞，但不足以扰动凝结着的空气。

在那里，黑衣道人——乌鸦——啄着田里已下的种子。

三只鹧鸪直立在牧场中央，草已割去，不能遮蔽她们了。她们现在多么肥大呀！她们听见我的声音，因此不安！我也看清她们，但是我让她们安静着，我远去了。当然，还有几只野兔躲着在那洞里发抖呢。

沿着荆棘的篱笆，——那里还留着几片最后的树叶在枝头，临风拍翼，像缚着脚的鸟。一只乌鸦飞去了，躲得老远，后来又出现在猎狗前面，毫无畏惧，像和我们开玩笑一般。

渐渐那雾加浓了。我以为要迷路。我的猎枪在我手中只是一根发亮的拐杖。何处传来这些杂音，羊鸣，驴鸣，钟声，人声呢？

我应当归去了。从一条已经埋没的路径，我回到一个农村。那个农村的名字没有人知道。那里住着平凡的农夫，从未有人去拜访过他们，除了我。

【注】

除却我以外，从未有人去拜访过的农村，大有桃花源的意味。

这篇是全书的结束了。原著不是在一个时期写成的，有的是素描式，有的是故事式，写法颇多变化，读者一定可以感觉到。